이현정 제8시집

시간의 길

국립중앙도서관 출판시도서목록(CIP)

시간의 길 : 이현정 제8시집 / 지은이: 이현정. -- 서울 : 한누리미디어, 2014
p. ; cm

ISBN 978-89-7969-471-0 03810 : ₩12000

한국 현대시[韓國現代詩]

811.62-KDC5
895.714-DDC21

CIP2014005625

이현정 제8시집

시간의 길

한누리미디어

시인의 말

시집 첫머리에 시를 쓰는 마음은 한없이 평온한데 그 마음을 지켜보는 주위가 어수선합니다.

제 나이에 어울리지 않는 열정 때문이지요. 저마다 저만이 아는 시간의 길이 있어요. 그 길에서 삶의 기쁨을 얻고 의미를 찾고 보람을 느낀다면 제대로 찾아든 길이라 여깁니다.

묵묵히 그 길을 걸어 쌓여진 시가 수백 편에 이르도록 오직 쓰는 일 밖에 몰랐는데 이제 숙제를 정리하는 심정으로 시집을 엮어 가렵니다.

뒤돌아보니 발표할 때를 놓친 시가 외려 친밀하게 다가오고 무심히 지나친 순간들이 더욱 진한 그림자를 드리웁니다.

슬픔도 아픔도 아름다운 날의 표정이어서 시를 간추리는 마음이 마치 시간의 발자취를 더듬듯이 조심스럽습니다.

사람은 생각의 크기만큼 누리며 사는 것 같아요.

지식은 갇혀 있고 지혜는 열려 있기 때문입니다. 다들 편하게 살고 싶다지만 이따금은 알기 쉽고 어렵고의 문제를 떠나 삶의 의미나 가치가 있고 없고를 짚어봐야 할 우리네 여정(旅程)입니다. 깊어도 어둡지 않은 시정(詩情) 속에 머무시는 이여, 복 많이 받으세요.

아차산 계곡에서 **이 현 정** 드림

차례 Contents

제 2 부 나만의 길

차례 Contents

제3부 갈증시대

제 4 부 내일의 길이

차례 Contents

제5부 삶의 무늬

제 6 부

그리움 더불어

차례 Contents

제7부

단잠 선잠

제8부 나무의 가을걷이

차례 Contents

제 9 부

변화의 바람

제10부 수줍은 안식

차례 Contents

제 II 부

빛바랜 사진

제 1 부

벚꽃 한 때

집안일

집안일은 흡사 마음 닦는 일이다.

쓸고 닦고 치우건만 일을 한 흔적이 없다.

게을리 하면
꼴이 말이 아닌 점도 꼭 닮았다.

행주에서 걸레까지 햇빛을 보니
비로소 마음이 맑아

집안일은 마음 닦는 일이라 여긴다.

겨울이면

겨울이면
깊은 산 품에 안겨
그 몸에 사무친 사철을 알고 싶다.

눈보라 헝클어지는 계곡에
어둠을 뚫고
바람 길을 닦는 밤을 지새우고 싶다.

적막하다 못해
새벽 산자락이 펄럭일 즈음
거기, 가슴 설렌 나그네로 남고 싶다.

시간의 길

유유히 시간의 길을 간다.

예정에 없는 만남을 위해
대책이 없는 이별을 향해—

어떻게 보면
사람이 시간의 내용이다

그렇게 보면
자연은 시간의 궁전이다

사람에 빗대어 사는 시간은
끊임없이 새롭게 태어나도

자연에 어우러진 시간은
세기를 뛰어넘는 숨을 쉰다

끝이 곧 시작인 잠에 들거나
결코 잠들지 않는 시간을 부여잡고
혼자 가는 길,

하염없는 시간의 길을 간다

봄 고개 마루턱

부쩍 불어난 물소리가
높은 음 새소리를 부르고
털갈이 짐승들이 일광욕을 즐긴다.

변덕도 미덕인 양
순정으로 살아가는
자연이 길들여지는 시기

봄 고개 마루턱에 올라보면
옛날에 울고 넘은 보릿고개 어딜 가고
눈을 가린 비닐 촌이 널려 있다

겉 다르고 속 다른 환절기를 벗어나
주름 펴고 살자는 비밀 촌이다

바깥 세상 호기심에 제동을 거는
사람의 힘이
그토록 대견한 까닭을 알게 된다.

벚꽃 한 때

벚꽃이 피기 전에 내 마음은
꽃망울 터지는 소릴 듣더니
벚꽃이 한창일 즈음이면
잠들 줄 모르는 밤 깊은 마음이다.

꽃을 살리는 만남은 짧고
여의는 서러움이 너무 길어
집에서나 길에서나 가슴 속엔
비 걱정 몰고 오는 바람이 분다.

벚꽃 잎 가볍게 흩날리는 내 마음은
땅에 떨어졌어도 환한 꽃잎을 보며
철없는 아름다움에 길들여지고파
벚꽃이 전한 웃음을 한 입 가득 물어본다.

빈 자리

둘이 갔던 길을 혼자서 왔네

가야 할 사람 떠나갔는데
돌아선 마음이 아득히 멀어
꼬부랑 고갯길에 해 떨어졌네

어둔 방 그대로 참을 수 없어
불 밝힌 방안에 넘치는 빈 자리

날개

하늘을 배경으로
가장 우아한 몸짓이 새의 날갯짓이다.

그들을 본떠
비행기가 날고 행글라이더가 떴지만
날갯죽지 한 번 멋지게 휘둘러 보았는가

크기가 우람한 날개일수록
황급히 펼치면 힘의 상징이요

소리 없이 접으면
발레리나 같은 꿈의 동작이다

생명을 일으키고
감정을 불어넣는 첨단기술에도

벌새의 날개 같은 민첩성을 더할 일이다

하늘엔 낭만이 실린 사람의 팔놀림이
근엄한 학의 날갯짓을 닮고

땅 위엔 감동이 실린 로봇 지킴이들이
사람을 정겹게 모시는 날을 향해

무언가 알 것 같은 길을 떠나자.
영 영 모를 것 같은 학의 울음 울면서.

그렇고 그렇다

뜰 한 귀퉁이에 아직은 단풍잎 휘황한데
첫눈이 흩날리다가
거짓부렁처럼 날이 갠다.

흐름을 거슬러 가는 날씨가
무거운 기분을 받쳐주는 느낌이다.

친구의 병이 깊어 그렇고
만남의 끝이 보여 그렇다.

오지 말라는 말이 마치
잊지 말라는 말로 들리는
그녀의 병실을 찾아든다.

핏기 없는 미소가 둥둥 떠 있다.

향불

향이 잦아들어
그 앞에 고개 숙인 사람의 마음이
믿을 수 없는 강어귀에 이른다.

삶과 죽음 사이
징검다리 연유로
향불이 타는가 보다.

제2부

나만의 길

청계천 새 물맞이

청계천이 살아났다.

방방곡곡 나랏물이 한 자리에 부어지고
새 물맞이 축제가 도심을 흔든 후
서울의 활기가 세계를 넘나든다.

길고 긴 불명예의 늪을 지나
햇살이 쉬어가는 물비늘 일으키며
걷고 싶은 거리를 양편에 거느려

수많은 분수와 현란한 조명등이
운치를 살리고

거듭난 다리와 온갖 장식들이
신나는 미래를 가리킨다.

물 억새 우거지고 고기떼 노니는 날
철새들은 사람의 낙원을 나누어 갖고

이 곳을 찾은 세계인의 가슴 속 감회에도
청계천이 흐르리라

무딘 실개천

집안에 우물이 있는데도
엄니는 냇물에 빨래하러 가셨다

논두렁길에 접어들자
민들레가 노랗게 나를 반겼다

행여 다칠세라
조심하는 발끝에 달개비 꽃이 엉켰다.

"땅 꺼질까 봐 그리 걷느냐?"

그제야
엄니의 목 고개를 짓누르는 빨래광주리가
내게 보였다

손으로 문지르고 방망이로 패고
빨래는 냇물을 첨벙거렸다

이제야
그 소리가 시름을 풀어내는 한의 소리 되어

가슴을 가로 지른다

반세기가 훌쩍 넘도록
내 안에 실개천이 더디 흘러

이 땅의 봄

바람에 실려 온 떠돌이 봄이
땅에서 깨어난 토박이 봄을 만나
은밀한 정을 나눴다.

흙내 물씬 풍기며
젖은 속살이 드러난 땅에
몸을 푸는 봄,

이 땅의 봄은
길을 가리지 않고
스스로 일어서는 아침과도 같아

햇살은 은총이 되고
봄을 문 새싹은
행인의 눈길을 사로잡는다.

갈매기 둥지

절박하게 훔쳐보는 카메라의 눈이
아슬아슬한 곳에 숨은
갈매기 둥지를 낚았다.

새끼 갈매기
입 벌린 먹이 욕심이
제 몸통 크기를 웃돌고 있다

벌린 입 다물게 할 어버이 새
먹이 물고 와
경련을 일으키던 햇살조차 평온하다.

그 누구의 수고가
수많은 시선을
생활의 경계 너머 초대했는지!

고마움도 놀라움도 일상이 되어
언제부터인가
뜻밖의 행복이 낯설지 않다

가을이다

한 해가 심지를 굳히는 가을이다

도시에서는 떠나고 싶고
시골 가서는 머물고 싶고
어디에서나
고향을 느끼면서 살고 싶은 가을이다.

심지를 굳히면 꼭지가 떨어지는
자연 속에 겸손을 배우며
구름도 조심하는 하늘을 익히자.

진솔하게 씨앗을 품고
꽃들이 사라져 간 길로
은밀하게 돌아오는
기억의 가을이 초만원이다.

곡물에 사람의 땀방울 스미듯
젊음이 왕복하던 고향 길에 사람이 붐벼
우리네 삶 자체가 축복이구나

빛이 열광하는 갈무리 정신 앞에
쪽빛을 배경으로
하늘과 바다를 오가는
너랑 나랑 엄청 눈부신 가을이다

건널목

따뜻한 겨울과 추운 봄이
서로 마주친 건널목을
사람들이 걸어서 넘는다.

잠시 깃들었다 떠날 사람에
발이 묶인다고
자동차가 쿨럭이면 사람이 시든다.

혼미한 계절 혼이 도사린
황홀한 우수 앞에
고개 숙인 사람의 등이 유달리 따스하다.

나만의 길

세상은 나에게 소홀했어도
나는 이 세상
돌 한 조각 풀 한 포기에도 충실했었네,

운명은 나에게 인색했어도
나는 그 길에
웃음소리 신음소리
널리 너그럽게 거두었었네,

아무도 아는 이 없는 나만의 길을 걸어
어눌했지만 새로워지는 길에
청정한 자유만으로 가득했었지

겨울 문턱에

겨울 문턱에 비가 내리니

헐벗지 않았건만
생각이 남루하다.

가을이 못다 챙긴 색상을 지우려고
막무가내로 비를 뿌리는
먹구름 무서워

구조물 속에 웅크린 어둠이
길을 물어도
사람의 무리는 어둠 속에 죄를 물어

바람 불지 않건만
한 해살이 빈 몸은 허기지고
찬비에 쫓기는 초겨울 모습이 마냥 섧다.

겨울 연인

겹겹이 입어도 움츠러드는 겨울나기 가운데
얼음물에 뛰어드는 동토의 주민을 보았었지

그로부터 추위가 무섭지 않고
졸렬하게 대처하는 삶이 부끄러웠다

이대로 살아도
제대로 산다 할 것인가

그 절실한 물음에 해답이라도 하듯
우리의 겨울 바다에 젊음이 득실거린다.

시련의 계절마저 사랑으로 다스리는
겨울 연인들이다

바다가 화끈한 우리네 소식이여
세계를 안마당처럼 누벼라.

제3부

갈증시대

해님을 사모하는 달님같이

허례허식을 좇는 일은
제자리걸음을 고집하고

기술혁신은 꾸준히
삶과 꿈을 아우른다.

그도 저도 사람 사이 일이건만
위대한 속임수에 힘입어

해님을 사모하는 달님같이 사느니
저마다 차고 기울기를 되풀이하는 외톨이어라.

몽당연필

짚단을 풀어 새끼 꼬아 팔던 집에 맏딸 순이는
뭉뚝한 몽당연필을 공책에 꾹꾹 눌러 글을 썼다.

뾰족한 끝이 으스러지면 헤프다고
일부러 깎지 않는 것이었다.

연필심이 닳아 글자가 흐려지면
쓸 때마다 연필심에 침을 발랐다.

지우고 쓰기를 되풀이하다 보면
나의 공책에는 구멍이 나지만
내 옆자리에 순이 책장은
구겨지고 찢어지는 변을 당했다

세월이 흘러 멀고 먼 고향 길에 순이 찾아갔다.
똑똑하고 날렵하던 우리 순이는
좋은 세상 구경 한 번 못하고 죽었더라.

그래도 나는 아직 볼우물이 곱던 순이와 나란히
시골학교 교실에 있곤 한다.

버팀목

하늘에는 비가 잦고
비를 피하는 수고는 등 뒤에 있다

빛을 기다리는 어둠이 뒷걸음치면서
속잎마저 떡잎 지는 안간힘을 쓴다.

달이 살찌면 별이 야위는
옛말 같은 하늘 그리면서

고난을 어버이처럼 섬긴 버팀목이
숨은 은덕을 기리고 있다.

시월

시월은 가을 속에 보름달이다
맑고 밝고 가득 찬 보름달이다

알곡은 아름으로 거두어들이고
과일은 풍성하게 나누어 가지며

사방팔방 떠도는 구경꾼들이
단풍 빛에 흔들리는 보름달이다

갈증시대

녹색의 목마름이 갈색에 이르러
껍질은 굳고
속은 비어간다.

내가 나를 속인 외로움들로
젊음은 가도
갈증은 남아

아무도 일러주지 않은 지름길엔
옛 사연이 도사리고

나를 따돌린 그리움의 나날에는
풍경이 흘러

이을 수 없듯이
지울 수도 없다.

그러나 무리하지 않기로 한다.

녹색의 목마름이 하늘 향한 시기라면

갈색의 갈증은
땅을 아는 때에 이르렀음이라

그것도 연주라고

가루눈이 사르르 내리는 아침에
집안이 음울하여 촛불을 밝혔다.

왠지 모를 낭만이 찾아들어
아이들의 장난감 하모니카를 분다.

화음은 갈수록 애조를 띄고
가락은 강약으로 숨을 고른다.

외마디 소리는 피리를 대신하여
화음은 변음을 일삼는다.

희한한 멋에 취해
실눈을 뜨면
촛불이 닳고 눈이 녹는다.

나 홀로 흥에 겨운 그것도 연주라고

사람의 사철

인연 만들기인지
인연 만나기인지
사람의 사철을 몸으로 살았었네.

마음조심 하라더니
몸 먼저 시들어
하염없는 이별이 뒤를 따르네

거리의 현기증

염색 머리가 넘실거린다.
젊음이 모름지기 배꼽에 걸려 있다.

연인이 한 데 엉켜
초여름 더위가 염증을 일으킨다.

얼마만인가
갓난아기 안고
보따리 들고
머리의 중심이 기우뚱한 엄마가
큰아이를 울린다.

땀 배인 그녀의 모습에서
내 기억의 중심이 꺾이고

가난이 턱에 와 닿아
눈앞이 암울하다.

아무래도 너무 멀리 왔나 보다.

서로 같은 말을 하는 중에
뜻이 다른 현기증이 난간을 잡는다.

무정한 가을

어디론가 떠날 것이라던
가을이 무르익고 있습니다.

일상에 찌든 때를
훨훨 털어내겠다던 가을입니다.

찧고 볶고 씻다가
허리를 펴니

어머, 어머!
감나무에 까치밥마저 사라졌어요.

허수아비 두 팔 벌려
관광객을 웃긴다던 고장에

행사가 끝나도록
언제 엉뚱한 생각을 했던가,
묻지 않는 무정한 가을입니다.

제4부

내일의 길이

기도문 같은 비

양지바른 언덕배기에
오늘은 실비가 내린다.

한 동네에 얽혀 산지 오랠수록
나무들은 저마다 넓은 뜻을 펼치고
사람들은 제자리 굳히기에 바쁘다

서로 알 바 아닌 나무들이나
서로 알고자 하는 사람들이나
비를 맞으나
비를 피해 있으나

새롭게 되라고 타이르는 비!

젖어서 발랄한 초록빛 가슴에도
감추어진 갸륵한 마음 속에도
기도문 같은 비가 내린다.

초록빛 발돋움

온화한 꽃자리 거두어들인 뒤
나무들의 초록빛 발돋움은

숲에 들지 않아도
5월을 성실하게 살아가는
사람 편이다.

나를 이롭게
남을 즐겁게
녹음은 날로 짙어만 가고

꽃이 떠난 자리에 꿀이 흘러
전혀 다른 시작을 알린다.

기념하고 기억할 이 없는 가정이나
마지못해 살아온 사람들이

초록빛 환영에 들거든
앉은 자리가 보금자리 되게
그들을 잡아주오

암울한 그리움

살아계신 동안은 한 곳에 머무시더니
돌아가신 이후로 이 마음 가는 곳
어디에나 계시는 어머니,

'시 쓰다가 사람 버리겠네
착한 것이 왜 말을 비틀어'

은근 슬쩍 말을 꼬아
웃기곤 웃으셨지요.

그 목소리 후끈한데
오늘은 어인 일로 암울하게 계십니다.

'아! 언제나~'
하고 삼켜 버린 다음 말이 메아리 되어
뭉게구름 피어나고

메아리를 머금은
눈물의 어머니를 뺨에 느낍니다.

짐

흔히들 삶의 무게를 짐이라 한다.
작은 사람은 생계의 짐을 지고
큰 사람은 기대에 부응하는 여러 가지 짐을 진다.

짐 중에 부귀를 노리는 욕심이 제일 크다.
가까운 사람이 욕심에 불을 지피고
이기심에서 출발한 존경심도 한 몫을 한다.

메뚜기 한 철을 노린 무리수가
감당하기 어려우면
살아있는 자체가 부담이다.

보이지 않는 짐 더미에 깔려 쓰러진 죽음 앞에
안타까운 사람들은 남을 탓한다.
자기네가 암암리에 짓누른 짐인데 남을 탓한다.

진실이 부끄러워

진실은 밝혀지고 싶다
진실은 절대로 죽을 자격이 없다

설혹 부끄러움이 있을지라도
인간은 신이 아니라는 위로가 있는 곳이
사람 사는 세상이 아니던가.

죽어서 덮어진 진실이 부패를 살찌우고
어른이 막가는 세상인데
아이더러 열심히 살란 말을 어이 할거나.

이 땅의 절망을 우리의 희망으로
안겨준 서민 정신 정말 사랑했는데―

향기의 신비

가벼운 향기와
무거운 바위의 탄생 신비가 닮았다.

향기는 쉬어갈 줄 모르고
바위는 돌아설 줄 모르고

숨을 줄도 모르면서
신비의 뿌리는 자연을 거스르지 않는다.

하늘 사랑 실천으로
없는 듯이 있으나

하늘 우러러
담대하게 있으나
그렇게 초연할 수가 없다.

오늘

진귀함이 있을지라도
그 가치를 알아보는 빛이 없으면
무슨 소용인가

빛의 주인은 오늘이다

오늘이 무궁무진할지라도
오늘에 사는 우리가 없으면
그 무슨 소용인가

오늘을 가득하게 하는 빛을 머금고
더 무엇을 바랄 것인가
빛이 이룩한 오늘을 우리가 다스린다.

내일의 길이

언제부턴가
삶은
내용에 있지 않고 길이에 있다.

따라서
어제를 잊고 오늘을 살면
내일이 힘을 받을 것만 같다

해서
밤중에 잠을 깨면
침실은 어둠에 익숙한 산골 호수다.

거기 흐름이 잠들어 있고
바람에 솔깃한 별이 모여드니
하늘 길이 열린다.

머무는 기쁨과 흐르는 기대에도
어김없이
내일의 내일이 늙어.

어떤 횡재

약속을 어긴 때로부터
시간은 공회전한다.

불안은 늘어나고
초조는 줄어들고

벽을 긁는 소리
뼈를 깎는 소리

가슴의 소리는
계속되는 고문이다.

아, 저기 멀쩡한 네가 오누나
이보다 더 큰 횡재는 다시 없어라.

제5부

삶의 무늬

삶의 무늬

그리움은
내 안에 하늘이다
울상도 밉상이 아닌 겹겹의 하늘이다

외로움은
별빛 아래 사막이다
이따금 별빛이 내려앉아
바람결에 물결치는 몸살을 앓지

그러나 서러움은 심오하다
어두움에 익숙한 바다 속이다
빛이 그리워 울울한 이들 삶의 무늬는
생각이 감도는 내 안에 피 돌림이다.

초복(初伏)

한해살이 발걸음이 능선을 탄다.

초록이 무성한 여름이
제 멋에 겨워

자연은 자연대로
사람은 사람대로

진하게,
뜨겁게,
초복을 맞았다.

일탈을 꿈꾸는 인파로
산이 북적거리고
바다가 넘실거리건만

불만이 마주쳐도
서로의 불편을 읽을 줄 아는
사랑의 계절을 사람이 만든다.

보리타작

보리타작이란 말에
뭉클한 그리움이 배어 있다.

아저씨들 둘러서서 도리깨를 휘두르면
얻어맞은 보릿단은 알곡을 뱉고
아주머니들은 모여 보리방아 찧었었지

도리깨 소리는 엇박자로 남고
방아 찧는 소리는 삐걱거리지만
보리이삭 줍던 날의 아이들 웃음은
보리수염 쓰다듬던 푸른 바람이어라.

계절감각

더위도 기력이 다했는가?

새벽 공기가 서늘하다.

염전(鹽田) 같은 뙤약볕은 한낮에 갇혀 있고
녹즙(綠汁) 같은 땀방울도 그 안에 살아있는데

일찍 눈 뜬 마음이
계절감각을 읽는다.

희뿌연 새벽에 이상한 조짐은
은밀한 물갈이를 일러주고

무더운 한낮에 멍청한 다짐은
이음새 없는 흐름을 일러준다.

더위 가시고 단정해지걸랑
짧은 날도 길게 사는 성실을 배워야지.

남녀칠세부동석

친구의 칠순 잔치에 초대되어 갔다
주인공은 가운데 우리는 주위에 둘러앉았다

친구가 키우고 있는 일곱 살배기 외손자는
아기 때부터 할머니 모임에 따라다녀서
우리들을 제 친구로 착각하는 분위기다

술잔이 오가고 덕담이 오가니
그 녀석 신이 나서 한 마디 했다

"할머니이, 우리가 신혼여행 온 것 같지이"

하하 호호 히히 헤헤
저건 분명 처녀적 웃음소리다
남녀칠세부동석이 괜한 말 아니더라

고향에서

돌이나 막대 하나에도
떠나온 고향이 있거늘

사람으로 태어나
사랑에 사는 사람이
고향을 잊으랴

아무도 없는 고향에 왔어도
정겨움이 자리잡은 자연은 고스란히
옛날을 지키고

고향을 떠나버린 사람들은 모름지기
사랑을 잃고 있다

울울한 세월의 오솔길이
거의 덤불에 가려져도

피붙이 함께 어울려 살던 곳,
고향을 잊으랴

동네 아이들 · 1

고목이 비스듬히 누운 등걸에
동네 아이들이 모였다.

조잘대는 소리는
마을잔치다

고목은
소리의 꿈을 꾼다.

힘들었던 기억을 까맣게 잊고
온 동네를 품는다.

아이들이 알 바 아닌 고목의 나날은
그들을 기다려 있다

동네 아이들 · 2

아무렴
나무가 여리다고 절로 흔들릴까,

동네 아이들 웃자라
함께 놀던 동심을 벗어났다

집 떠난 아이 생각에
망루에 오르는 어버이처럼

나무도 크게 자라
꼭 한 번 만져보고 싶은 그들과는 멀어진다.

안절부절 꽃도 잎도 그 자리에 떨어져
참고 기다리느니 흙의 마음이다

절로 흔들리는 나무의 꿈은
동네 아이들 발아래 다져진다.

동네 아이들 · 3

거스름돈 같은 씀씀이의 나이를 먹어
가슴에 성에가 서리니

오리걸음 뒤뚱이는 아가보다
더 장엄한 꽃이 없고

장난꾸러기 아이들보다 더
탐스런 보물이 없다

그들은 두고 온 세상 낙이요
두고 갈 세상 자원이다

비록 아는 체를 하지 않아도
지폐 같은 웃음이 아이 뒤를 따른다.

제6부

그리움 더불어

복수초

하얀 살얼음 속에
노란 복수초 피어 있다

봄이 오기도 전에
너는 왜 여기 있고
나는 어쩌다 여길 왔니?

구월의 숨결

여름이 갔는가 하고
나가 보면 꼬리가 밟힌다

철 지난 소외감과
철 이른 기대감 사이
구월의 숨결에 취기가 있다.

태풍 오고 홍수 지나간
갈림길 소문이 쑥대밭이었건만

초록이 긴장하여
무성한 기운 꺾이지 않고

살맛나는 사람들의
친환경 운동 소식 입맛 당긴다.

지금은

달력을 들여다보면
숫자는 저마다 자신을 흡족해 한다.

기일이 있고
생일이 있고

돌아오는 기념일이 리본을 달지만
들러리들이 훨씬 더 정겹고 정연하다.

숫자의 의미를 다루는 마음이
한 해를 챙길 때

전에는 눈에서 멀어 그리웠는데
벚꽃이 한창인 지금은
눈앞에 그리움이 배어나온다

나를 에워싸고
나를 채워주는 지금과도
헤어지고 또 j헤어졌었지,

어언
서러운 한해살이 나이다

달력을 치우고
지금이 지존인 삶을 생각하면
세상은 나를 전부이게 한다.

젊음이 와도

누구는 젊음이 다시 주어진다면
멋진 연애를 하고 싶다네,

나에게 젊은 날이 다시 온다면
어떻게 할까를 짚어 보았네.

남의 눈이 무섭고 남의 말이 아파서도
연애 같은 열병은 피할 것이네.

열탕에 든 몸이 언제까지 온전할까
그 마음이 몸 안에 합당할까

젊음이 와도
딴 세상이 주어져도

나는 역시 나를 다지고 고심하겠네,
내가 아니면 아니 되는 길 깊숙이

이별을 가꾸는 잎

수런거리는 이별의 시간이 낙엽을 밟는다.

단풍은 어느새 포근한 흙 꿈을 꾸고
우리는 닥쳐 올 추위를
험상궂은 꿈꾸듯 한다.

밤사이 깨어난 물기에
아침은 빛나건만

말없이 외출한
가슴의 평화는 돌아오지 않고

돌림감기가 가지를 흔들어
나락으로 떨어진 단풍이 현란하다

이별을 가꾸는 잎들은
유종의 미를 실연중인데

여치 귀뚜라미 어디로 가고
바람소리 홀로 객석을 맴도는가,

예쁜 곁눈질

향나무 울타리 건너편에
숨어서 피는 장미가 붉다

이슬 그리는 마음 이끌려
수시로 서로를 곁눈질한다.

화끈하게 정면에 서지 못하는
현실이 흡사
잃어버린 사랑의 마음이다

죽은 이도 그와 같이
살아있는 사람을 통해서 산다.

예쁜 곁눈질은 아닐지라도

가을나기

익히 알고 있었지만
구성진 여운이
안개처럼 스미는 가을이다

절정은 자리를 옮겨
사랑의 당도는 시험에 들고
그리움은 무차별 향기를 뿜는다

핏빛 단풍잎 하나에도
정겨움이 지나쳐
눈두덩이 얼얼하다

허리 펼 사이 없이 주말이 오더니
확인할 겨를 없이 가을이 가려나

조바심 사이로 하늘이 보여
집안에 갇힌 가을나기가
메마른 감기 앓기다

그리움 더불어

물 오른 그리움에 싹이 난다면
계절 없이 담대한 꽃을 피우련만

그리움에서는 고작 김이 오르고
아쉬움이 많아 노을이 저렇게 붉어집니다.

기억 속에 갇혀 있는 그리움이여
이울 줄 모르는 아름다움이여

그리움 더불어 살아온 사철이
사뭇 골똘한 사랑이었습니다

어차피

사람아,
어차피 지고 갈 짐을 두고
몸을 사리는가.

짐은 짐대로
몸은 몸대로 무거워진다

이왕이면
자신의 주인다운 모습 그려 보이자

기꺼이 가는 사람 발걸음도 가볍다
갈 길이 먼 사람아,

제 7 부

단잠 선잠

봄꿈

추위가 한 고비를 넘기자
한심한 겨울이
밤길 도둑고양이를 닮았다.

봄은 멀어
아직은 만날 길이 아득하건만
아기는 어느새 봄꿈을 꾸는가 보다.

깊이 잠든 아가 손톱이 발그레하니
꿈의 동산에서
봄을 만지작거린 흔적이 있다.

6월이 가면

6월이 가면

여름이 활짝 열려
산은 더위를 식히고
강은 더위를 삭인다.

한 손에 꼭지를
다른 한 손에 꽁지를 든 유월이
한 해의 심지 되어
불거지는 생각들이 분수령을 이룬다.

속 시원히 길을 떠나
삶의 불을 지피다가
지쳐서 돌아오면
그 새 그리움이 깃들인 집,

집을 떠나고 나서야
일상의 고마움이 새로워지고
6월이 되어서야
사람의 한 해가 중심을 잡는다.

생각이 눅눅해서

생각이 눅눅해서 몸을 뒤척이다가
마음을 다친다.

주름살도 같고 구김살도 같은
어둠의 끈이 흔들려

숨은 나를 일깨운 흐느낌으로
얼룩을 씻는다.

어디에선가
빛은 내일을 일으키고

내일의 생각 위로
후련한 아침바람 불어올 것인즉

매미랑

매미소리 다급하여
그 소리를 쫓아가니
작은 매미 한 마리가 망창에 붙어 있다.

저렇게 작은 몸에서
이렇게 옹골찬 소리가 나오다니

목청이 찢어질까 걱정인 터에
매미 꽁무니가 들썩인다.

방금 탈바꿈을 감행한 자태다

어느 하늘 아래 쌍을 찾아
유혹의 소리가 절규인가

이 덩치가 무서워 매미 떠났다.
반가움이 지나쳐 매미 떠났다.

단잠 선잠

젊은 날의 단잠은
화사한 솜사탕 맛이었다,

등 뒤에서 풍기는 아가의 젖비린내에
황망히 돌아눕다 침대에서 떨어진 기억은
도무지 꿈같지 않아 탈이다.

모성애에 멍들어 떠났던 단잠이
눈물 펑펑 쏟으며 날 깨웠나

뜻밖의 세월 중심에
해묵은 트집이 성가시다

근심에 밀려
진심이 돌아눕는다.

이미 죽어 갔어도
아직 살아 있어도

서로 모호한 노년엔
시간도 더러 토끼뜀을 뛰는지

기억 속에 솜사탕 땅에 떨어져
흙내 후끈한 선잠을 부른다.

장대비

더위가 영글어 터질 듯한 밤에
장대비 소리가
수박 속 같은 더위를 쪼갠다.

90만 인파가 첨벙거려도
태평한 바다가

가슴을 풀어헤친 풍경 이래
여름은 절정을 넘나들건만

연이어
우레소리 꿈틀거리고

아주 가까이
번갯불 허리가 잘려 나간다.

빗줄기가 거칠어
바깥세상 안전이 의심스럽다

바다 멀리
혹은 산자락 깊숙이
사람이 택한 잠자리는 안전한가

장대비 소리에 잠은 휘청거려도
숨가쁜 더위가 쉬어간다.

한강 유람선

겨울 한강에 유람선이 보였다
아기들 손잡고 선착장에 갔다

선착장 식당은 유리벽 너머
물장난하는 강바람을 즐긴다.

열 사람이 모일 때까지
기다리라 했다.

물살이 어지러워 배를 탄 것 같건만
아기들은 절대로 흔들리지 않는다.

가슴 콩닥거리는 기다림에도
유람선은 끝내 오지 않았다.

찬비

'아이고 더워, 사람 미치겠네'
뚱뚱한 아빠가 운전석에 앉으며 하는 말이다

가뜩이나 고단한 가장을
나들이 길에 끌어들인 가족은 미안하다

"단비 때문에 아빠가 힘들어 죽겠어"
딸의 반응을 살피는 눈길에 사랑이 가득하다

"내가 찬비라면 아빠를 시원하게 해드릴 텐데"

유치원생이 어른도 흉내 내지 못할 말을 한 것이다.

단비가 찬비 된 순간의 재치는
얼마나 놀랍고 신선했던지

차 속의 더위를 단번에 식히고
창밖의 하늘을 오랫동안 날았다.

어인 일일까

'오빠부대' 의 아우성이 빗고
그들의 열성이 키운 오빠 인기에 밀려
진짜 오빠들이 심드렁하니 어인 일일까

보톡스 시술이 늘어나면서
잔주름을 피해 간 얼굴이 화사한데
갈수록 주름살이 정겨워지니 어인 일일까

잎 푸른 세상을 들추어 업고
런닝 머신 위에서 땀을 흘린다.

이 어인 일일까
진정에 주려
땀띠 나게 그리운 옛정이라니!

제8부

나무의 가을걷이

거창한 선물

시월 한 달은
거창한 선물 꾸러미다

땅 위에 과일 널려 있고
하늘 아래 풍경 열려 있어

별로 가진 것이 없어도
절로 누린 바 된다.

해님 사랑에 잠이 들고
깨어나기 즐거워라.

여보!

산을 사랑한다면서
산에 오르는 발걸음을 줄이려 하시는가.

아무데나 길을 내는 당신들 때문에
나무는 상하고 산은 망가지오.

뜻있는 사람들의 불안이
기어이 금줄을 쳐야 하오

산이나 사람이나
진정으로 사랑하는 마음은 살을 아낀다오.

가을타는 외로움

외로움이 절절해서 자리를 떴다.
갈 곳이 없어도 길을 떠났다.

쓸쓸한 기분이 사람의 안녕을 좀먹더니
쌀쌀한 기운은 자연의 평안을 해친다.

풀잎 헝클어지고
나뭇잎 목말라 하는 사이
아기단풍 빨강은 차라리 신선한 외침이다.

햇살이 명랑해서 길을 걸었다.
그리움이 절절해서 마냥 걸었다.

나무의 가을걷이

잎은 뿌리 생각
열매는 씨앗 생각

하여
가을나무는 속이 쓰리다.

맴돌고 흩어지기를
되풀이하는 네 생각은

줄곧 잎이었나
한 때의 꽃이었나
묵힐수록 도도한 향이었나

사철나무가 그러하듯
비에 젖으나 눈이 부시나
사철 푸르러 행복할 것을,

절박한 가을걷이라니
어디에서 비롯된 그 무엇의 분부이더냐,

생명의 소리

빗소리가
목마른 세상을 적십니다

사람의 피를 말리던
흙빛 피로도 씻어냅니다.

모처럼
우산 크기의 비를 맞으니

힘을 얻는 빗소리가
뿌리를 내리는 생명의 소리입니다

흙가슴이 얼얼하도록
초목이 일제히 기지개를 하나 봅니다.

가을이 가는 길에

은행나무 터널 길에
쉼 없이 은행잎이 지고 있다.

카펫 위를 지날 때보다
생동감이 온몸에 전해진다.

가을이 가는 길에
가르침이 몸에 배여

나무와 같이
빈 몸이 되련마는

그들에 미치지 못한 빛과 향기가
내 안에 벌집을 이루고 있다.

떠나는 뒷모습이 아름다운 가을에
영광은 사람에 있지 않고

자연에 충실한 생명의 몫인가 한다

단풍길

가을 중턱에
죽을병 든 줄 모르고
빨갛고 노랗게 물든 단풍은
떨어져도 당당한 꽃잎이다

나도 힘주어
내 안에 도사린 계절을 잊고
단풍길 물들인
단풍잎 생각을 빚어야지

오해

길에서 마주친 이웃이 물었다.

“영감님은 어찌 하고 혼자시요?”

“손탈까 봐 집안에 모셔뒀지요”

“오해도 많으셔,
웃돈을 얹어서 내놓아도 돈만 없어질 텐데”

집 생각

누가 알뜰히 기다려서가 아니라
나를 위한 공간이 비어 있어
빈집 생각이 애틋하다.

내가 깃든 인정과 사정이 다르지 않아
내가 없음 아니 되는 울적함이
내가 차지할 흐뭇함이라

제9부

변화의 바람

웃는 눈사람

멋쟁이 눈사람이 음지에 서 있다.

나뭇가지 눈썹 아래 돌멩이 코를 박고
마른 꽃송이 두 눈에
갈잎을 문 입이 귀에 닿았다.

키가 모자란 손녀를 대신해서
귀마개를 해 주고 목도리도 둘렀다.

명랑한 눈사람 위에 눈이 또 오고
어둠이 우리를 갈라놓았다.

그를 돌보던 손녀의 눈에서
눈사람이 익히고 있을 눈물이 난다.

소한(小寒)에

지구 온난화 영향으로
영상 8도를 기록하고
소한이 우울하다.

우리의 절기는 정녕
돌아오지 못할 길을 떠났는가.

심지가 흔들리니
대책이 없고

새로움을 좇으니
내용이 없다.

겨울이 싱싱하던 시절
손끝이 아리던 소한을 잊으랴!

한라봉

꽃님이 면사포를 올리듯
금빛 짙은 한라봉의 목을 딴다

껍질은 벗겨 꽃받침 되게 하고
낟알은 떼어 연꽃처럼 펼쳤다.

향기는 방안의 냉기를 몰아내고
빛깔은 손님의 미소를 물들인다.

한라봉은
제주도 감귤가의 꽃님이다

한(恨)의 힘

행복에도 명암(明暗)이 있어
웃다 말고 울게 되지

하물며
고난 속에 끄떡없는 저력은

한(恨)이 많아서 분발한
한의 힘이다

눈물 머금은 무지갯빛 한은
장인을 낳고

그 정신은 다져져
기품에 가까운 기쁨으로 태어난다.

황폐한 궁금증

어둠이 쿨럭거린다.

꾸지람이 뜨겁고 보면
뉘우침이 무겁다

자기감정에 충실한 사람은 날개를 달고
억울하게 당하는 사람은 돌을 달게 마련이다.

후회는 고비를 넘고 반성은 토막난 상태,
상당히 먼 이야기 사이 어둠의 기둥이 섰다.

외출에서 돌아온 궁금증은
눈물을 태우는 촛불이다.

아이들의 잦은 기침소리가 들리고
엉뚱한 사람이 멀미를 한다.

작은 잘못을 떠벌리는 힘이

크게 감싸안는 아량만 하랴!

어둠이 뭉클거린다.

꽃에게

꿈이
꽃에게 물었다
아름다워지는 비결을

참된 마음으로
착실하게 살면서
멋지게 움직여라

꽃이
꿈에게 일렀다
아무도 알지 못하는 곳에서

이별을 향해

있다가 말지 않으면
없다고 울지 않으련만

걸음마가 서툰 아가에서
걸음이 위태로운 노인까지

이별에 길들여지건만
만날 때마다 이별은 낯설다.

악연을 헌옷처럼 벗어버리는
별난 세상 그리다가

그 얼굴에 핏기 가신 둥근 달 떴다.

달도 나도 이 밤도
이별을 향해 간다.

있다가 말지라도
초연한 이별을 익히며

변화의 바람

비바람 속에
비명소리 들린다.

생각의 소용돌이에도 거품이 일어
오늘의 비는 줄곧 내리던 그 비가 아니다

서행도 과속도 말고
한껏 몸을 낮추어

나를 못견뎌 하던 걱정은
내 안에 또 다른 적응력이다

치열한 변화의 바람 속에
일과는 이제 안심이다.

하루의 마무리

노을 길을 달리는 차창 너머
멀리 돋보이는 산마루에
앙상한 나무끼리 손을 잡았다

보호본능을 눈뜨게 하는
겨우살이 고뇌가
제 갈길 가는데 왠지 아프다.

함께 역광에 잡혔어도
결코 마주할 수 없는 나무가 되어
마무리하는 하루의 속살이 붉어진다.

제 10 부

수줍은 안식

봄 안개

안개 자욱한 겨울풍경을 품고
감회에 젖어 있는 산에
백일몽이 한창이었다.

깊이 빠져도 헤어날 길 있는
안개 바다에
환상의 그림자로 서고 싶었다.

산길에서는
나뭇가지가 나를 더듬어
친절한 손길을 번갈아 잡았다

오르고 또 오르는 발걸음 사이
시간이 갈수록 바닥은 멀어지고
눈앞엔 들쭉날쭉 보이느니 채찍이었다.

잘못 든 생각의 고삐를 잡았지만
손이 떨려
손에 잡힌 것들이 울먹였다.

간신히 돌아와 뒤돌아 보건대
집에서의 백일몽은 산의 악몽이었다.
사치가 수치임도 이제 알았다

수줍은 안식

짙은 화장 지우듯 세월 가고
남은 날을 임 보듯 하려 하니
건듯 부는 바람에도 잡음이 일어
여럿 속에 안녕이 어지러워라

수줍은 안식은 영롱한 적 없어
섣부른 관심에도 헝클어지네,
벗은 혼자 있어 그득하거늘
겉도는 발길이 붐빌 일 없네

갸우뚱한 잎사귀

태양풍의 광란을 근심하는가,
떠돌이별을 의심하는가,

기대가 길을 찾고
사랑이 상대를 찾을 일 없는데
지난밤 유성의 꼬리는 인사불성이었어.

뿌리의 변심을 조바심하다가
밤을 지새우고
갸우뚱한 가을 잎사귀는 안다

금단증상을 보이는 지구는
원만한 적이 없지만
이것이 전부가 아니라는 걸.

계절의 눈치작전

대한 소한 지났다지만

겨울은 아직 움쩍도 않는데
아침 이슬 사이로 봄이 아른거린다.

이슬에 젖어
산뜻한 아스팔트길로
어정쩡한 봄이 오는가 보다

조금 받으면 무겁고
많이 받으면 가뿐한 것이
사랑의 마음이라

몸이 무거운 겨울이나
마음 가뿐한 봄기운이
눈치껏 일광욕을 즐기고 있다

겨울은 끝자락을 눈여겨보고
봄은 겨울 틈 사이 눈도장을 찍으며

초저녁 달

어둠이 물드는 길을 걸었다
멀리 갈수록
막막한 하늘 길을 닮아갔다.

더는 무엇이 보이지 않아
돌아선 눈앞에
불쑥 나타난 달님에 놀랐다

어찌나 가깝든지
이 몸이
천상의 여인이 된 줄 알았다.

볼수록 밝아지는 보름달은
죽은 풀도 살리는 봄기운인지
무르익은 달빛에 젊음이 서린다.

초저녁달이 보름달 되도록
만나 볼 길 없는 간곡한 슬픔은
나이든 줄 모르는 나날에 있다.

칭찬

칭찬은 청량제다
닫힌 마음을 열게 하고
에너지를 충전하는가 하면
버릇을 고치는 약효도 있다.

최고의 참을성이 빚어내고
끊임없는 관심이 발효시킨 칭찬은
신중한 접근이 필요한 경우일수록
색다른 생기를 불어넣는다.

명성

높이 오를수록 안전하다
부추김도 끼어들고
발돋움도 받쳐 주고
유일하게 사는 도리다

선무당

오순도순 살던 세상 이야기 중에
선무당 사람 잡는다는 말 있었지,

오늘날 잘못 벌린 굿판에도
명예로운 사람 잡는 선무당 있다

똘마니 버금가는 언사(言辭) 때문에
망연자실하던 이들 숨어 계시고

선무당 패거리 기고만장인 틈에
집안 살림 거덜나고 망신살 뻗었다.

옛말에는 옛사람의 풍류가 있어
무딘 작두 놀음에도 웃을 일 있었건만

쭉정이들 배불리는 쑥덕공론에
숨길 가쁜 가슴마다 어둠이 깊다

행상

준호 어머니는 날마다
하늘을 퍼 담아
어디로 실어 나르는지

푸른 빛을 여읜 하늘에 검정 물들자
생기나는 준호 소리친다.
"밤이다, 이제 엄마 오겠다."

제 11 부

빛바랜 사진

시간은 오고 세월은 가고

여백처럼 충만한 한 때를 살자니
헌것 나가고 새것 들어오는
자신의 숨결이 느껴진다.

우주를 머금은 생각을 하자니
시간은 오고 세월은 가고
중력이 나를 찍어 누른다.

없는 듯이 있는 나를 참을 길 없어
나를 지우고 남은 자리에
자연의 숨결이 느껴진다.

허튼 바람

눈앞이 암울한 고요가
비를 불러 와
푸짐한 빗줄기를 보려는데
먼지를 일으키는 바람이 불어
비구름을 몰아낸다.

물 한 모금에도 목마른 고을은
입술이 터지는 속사정이기에
허튼 바람은 흡사
가뭄을 키우는 가난 속에
익히 보아온 허영심 같다.

배꼽인사

겨우 말을 알아듣는 아기가
배꼽인사를 한다.

양쪽 손이 배꼽에 이르지는 못해도
허리는 어렵사리 기역자로 휜다.

그 모습이 얼마나 예쁜지 다 알고 있다는
저 아가의 흐뭇한 표정 좀 봐!

사월이 가기 전에

사월이 다 가기 전에
우리의 산을 바라보자.

멀리서 보기에 야들야들한 산은
무늬가 은은한 비단옷 차림이다.

갓 태어난 나무들의 잎은
자기만의 모습에 열중해 있을 테지.

그들로 하여 나무는 보람되고
그들이 어우러져 사월의 산은 복되다.

사월이 마저 가버리기 전에
풋사랑의 가슴이듯 산을 바라보자.

운명

등짐 진 달팽이의 배밀이 길은
보이는 둥 마는 둥

진이 빠진 흔적은
텅 빈 채 환한 화면이다.

때 늦은 깨달음

바람을 만난 비는 발랄해도
비속을 걸어
사람이 만난 바람은 스산하다.

비가 되지 못하여
물안개로 떠돌던 세월의 기억이 일어선다.

신명을 바쳐 그토록 안달한 믿음이
눈물로 착각한 빗물이었던가.

그래서
때마다 종이 울고 북이 울려도
진실이 잠든 뜻은 말쑥한가.

복을 비는 일에 중독된 사람들은
허망이 살찌운 오늘을
울렁출렁 이겨냈지만

바람 먼저 비 먼저 이끌고 일깨운 새로움은
보송보송한 질감이다.
우리 어찌 변하지 않으리.

여름 소나기

잿빛 하늘에
불씨 보인다.

순간을 못 박은 불빛이
땅에 떨어져
먼 산을 울린다.

하늘이 내려선 바람몰이에
빗발이 휘어 바닥이 기울고
탁한 세상이 흘러내린다.

흠뻑 젖어
시름이 뚝 끊기고
개운한 하늘에 잠자리 난다.

빛바랜 사진

희미하게 빛바랜 사진 한 장이
반세기를 뛰어넘어 살아남았네,

6.25 참화 속에 어린 시절 간 곳 없는데
몇 손을 거쳐 홀연히 나타난 단발머리 소녀여,

외국 간다 말하고 사라진 이후
우리 서로 잊혀진 줄 알았었는데

이 마음 어디엔가 살아남은 꿈이 있어
너를 볼 수 있다면

눈사태 같은 꿈 사태가 나고
온 밤을 지새워도 싱싱하겠네,

다가오는 무선시대 정신이라면
그리움이 둔갑해서 즐거움도 되련마는

우리가 못다 나눈 삶의 여백엔
만날 길이 없어도 잊을 길 없네.

한 해의 마무리

연중 춥고 어두운 밤에
전방을 지키는 초병들이 생각난다.

집안의 철부지가
나라를 지키는 남자 되어

살얼음판 긴장 속에
각자의 각오는 철통같겠지.

눈보라가 경계선을 흐릴 때
초병도 고향을 보는가?

한 해를 마무리할 즈음이면
초소의 초병이 왜
만인의 아들인지 알게 된다.

생각의 물꼬가 트이면
우리는 서로의 희망이다.

들뜬 빛의 축제를 느낄 수 없고

제야의 종소리 들리지 않아도

초병의 시선은 어둠을 뚫어라
가슴에 군불을 지펴라.

해맞이 길에 우뚝 선 모습 그대로
새해의 소망을 품은 영시가 열린다.

자애와 성찰 그 생명 인식의 시법

—이현정 제8시집 《시간의 길》의 시 세계

김 송 배
(시인 · 한국문인협회 부이사장)

1. '시간' 과 동행하는 '생명의 소리'

현대시의 경향은 작금에 와서 다양한 변모로 발양(發揚)하여 그 시적 주제가 지향해야 할 위의(威儀)는 그 시인의 사언(私言)을 넘어서 공담(共談)의 요소를 진솔하게 현현함으로써 우리들에게 시적 진실을 제공하여 공감하는 양상에서 크게 환영받고 있는 것이다.

이러한 주제의 깊이는 아무래도 한 시인이 축적한 체험에서 재생된 진실임을 우리는 잘 알고 작품 읽기와 접근을 통해서 감지하게 되고 그 주제가 탐색하는 지표는 대체로 존재의 인식에서부터 시작해서 '나' 를 성찰하거나 다른 형태의 가치관을 적시(摘示)하는 시법들을 많이 대할 수 있게 한다.

여기 이현정 시인이 상재하는 시집 《시간의 길》을 일별하면서 간과(看過)할 수 없는 몇 가지 특이한 점은 이와 같이 주제의 천착(穿鑿)이 바로 '나' 라는 주체에서 다채롭게 형용함으로써 그가 작품을 통해서 탐구하거나 구현하려는 시적 진실을 이해할 수 있기 때문이다.

우선 이 시집의 표제시가 되는 작품 〈시간의 길〉 전문을 읽어 보기로 하자.

유유히 시간의 길을 간다.

예정에 없는 만남을 위해
대책이 없는 이별을 향해—

어떻게 보면
사람이 시간의 내용이다

그렇게 보면
자연은 시간의 궁전이다

사람에 빗대어 사는 시간은
끊임없이 새롭게 태어나도

자연에 어우러진 시간은
세기를 뛰어넘는 숨을 쉰다

끝이 곧 시작인 잠에 들거나
결코 잠들지 않는 시간을 부여잡고
혼자 가는 길

하염없는 시간의 길을 간다

– 〈시간의 길〉 전문

여기에서 우리들이 묵과(默過)하지 않고 관심을 가져야 하는 부분이 바로 '시간의 길' 이다. 그가 정서의 중심축으로 정리한 것은 '만남' 과 '이별' 을 시간과 동행시키면서 '사람이 시간의 내용' 이며 '자연은 시간의 궁전' 이라는 새로운 지각적인 인식을 분사(噴射)하여 '혼자 가는 길' 을 심도(深度) 있게 긍정하고 있다. 이러한 시간과 삶의 상관에서 '수런거리는 이별의 시간이 낙엽을 밟는다' (〈이별을 가꾸는 일〉 중에서)거나 '어제를 잊고 오늘을 살면 / 내일이 힘을 받을 것만 같다' (〈내일의 길이〉 중에서)는 어조와 같이 그가 '하염없는 시간의 길' 을 가면서 발현하는 그의 인식의 흐름을 이해하게 된다.

이현정 시인은 이처럼 실재(實在)의 삶에서 반추하는 시간성은 일상적인 생활의 단면이 바로 시적인 상황으로 변전하여 보편성에서 창출하려는 삶의 지표로 형상화하고 있다. 이러한 그의 어조는 다음과 같이 정리할 수 있을 것이다.

– 그러나 서러움은 심오하다/ 어두움에 익숙한 바다 속이다 / 빛이 그리워 울울한 이들 삶의 무늬는/ 생각이 감도는 내 안에 피 돌림이다.

– 〈삶의 무늬〉 중에서

– 속 시원히 길을 떠나/ 삶의 불을 지피다가/ 지쳐서 돌아오면/ 그 새 그리움이 깃들인 집,

– 〈6월이 가면〉 중에서

– 향이 잦아들어/ 그 앞에 고개 숙인 사람의 마음이/ 믿을 수 없는 강어귀에 이른다.// 삶과 죽음 사이/ 징검다리 연유로/ 향

불이 타는가 보다. — 〈향불〉 전문

— 그로부터 추위가 무섭지 않고/ 졸렬하게 대처하는 삶이 부끄러웠다 — 〈겨울 연인〉 중에서

— 기술혁신은 꾸준히/ 삶과 꿈을 아우른다.

— 〈해님을 사모하는 달님같이〉 중에서

— 우리가 못다 나눈 삶의 여백엔/ 만날 길이 없어도 잊을 길 없네. — 〈빛바랜 사진〉 중에서

그 다음에 삶과 연관된 주제가 바로 생명성이다. 삶과 생명은 불가분의 관계이지만 시간과 동시에 추출하거나 창조하려는 시법은 어차피 인간의 문제가 삶과 생명 그리고 시간의 복합적인 구조로 형성하지 않으면 인생의 그 구심적인 삶의 사유(思惟) 향방이 모호해질 수 있다는 언술에 유념하게 된다.

빗소리가
목마른 세상을 적십니다

사람의 피를 말리던
흙빛 피로도 씻어냅니다.

모처럼
우산 크기의 비를 맞으니

힘을 얻는 빗소리가
뿌리를 내리는 생명의 소리입니다

흙가슴이 얼얼하도록
초목이 일제히 기지개를 하나 봅니다.

– 〈생명의 소리〉 전문

이와 같이 이현정 시인은 '생명의 소리' 를 듣고 있다. 그는 '빗소리가/ 목마른 세상을 적' 시면서 들리는 '생명의 소리' 를 감지하고 있다. 이러한 생명의 현시(顯示)는 '흙가슴이 얼얼하도록/ 초목이 일제히 기지개를 하나 봅니다' 라는 어조에서 이해할 수 있듯이 자연의 생명이 탄생하는 상황에서 흙과 초목 등이 의인화하는 생명의 진실을 읽을 수 있게 한다.

그리고 그는 '흔히들 삶의 무게를 짐이라 한다' 라거나 '보이지 않는 짐 더미에 깔려 쓰러진 죽음 앞 / 안타까운 사람들은 남을 탓한다' (이상 〈짐〉 중에서), 혹은 '죽은 이도 그와 같이/ 살아있는 사람을 통해서 산다' (〈예쁜 곁눈질〉 중에서)와 같이 생(生)과 사(死)의 문제까지도 그의 심저(心底)에는 시적 진실로 승화하고 있는 것이다.

2. '나만의 길' 혹은 자애와 성찰

이현정 시인은 다시 '나' 라는 주체가 무엇인지 그 근원을 해부하는 언술을 많이 등장시키고 있다. 가령 작품 〈복수초〉 중에서 '봄이 오기도 전에/ 너는 왜 여기 있고/ 나는 어쩌다 여길 왔니?' 라는 의문과 같이 '복수초' 라는 겨울꽃을 의인화해서 '나' 의 정체를 탐색하고 있다.

우리들은 '나' 를 회억(回憶)하거나 인식하면서 다양하게 전개된 실 생활(real life)과의 비교에서 궁극적인 자애(自愛)와 성찰이 명징(明澄)하게 분사된다. 이러한 현상은 우리가 살아온 과정에서 체득(體得)한 체험의 강도(强度)에서 시적 상황 전개와 이미지의 투영 등이 실질적으로 형성되어 진실로 형상화하는 점을 알 수 있게 한다.

세상은 나에게 소홀했어도
나는 이 세상
돌 한 조각 풀 한 포기에도 충실했었네,

운명은 나에게 인색했어도
나는 그 길에
웃음소리 신음소리
널리 너그럽게 거두었었네,

아무도 아는 이 없는 나만의 길을 걸어
어눌했지만 새로워지는 길에
청정한 자유만으로 가득했었지

– 〈나만의 길〉 전문

그렇다. 이현정 시인은 자신만의 길을 설정하여 '세상은 나에게 소홀했어도/ 나는 이 세상/ 돌 한 조각 풀 한 포기에도 충실했었네' 라는 인식은 그가 지금까지 지탱해온 '나' 에 대한 절실한 성찰이며 '운명' 을 수긍하고 '나만의 길' 을 '너그럽게 거두' 는 자애를 실현하는 시법이 현실성을 인지시키고 있다.

또한 그는 작품 〈행상〉 중에서 '없는 듯이 있는 나를 참을 길 없어/ 나를 지우고 남은 자리에/ 자연의 숨결이 느껴진다' 는 어조의 긍정이 그의 진실로의 승화는 바로 그가 지향하는 성찰에서 다시 또 다른 비상을 위한 '나' 의 탐구라고 할 수 있다.

내가 나를 속인 외로움들로
젊음은 가도
갈증은 남아

아무도 일러주지 않은 지름길엔
옛 사연이 도사리고

나를 따돌린 그리움의 나날에는
풍경이 흘러

이을 수 없듯이
지울 수도 없다.

— 〈갈증시대〉 중에서

보라. 여기에서도 이 현실적 '갈증시대' 에서 인식하는 과정이 적나라(赤裸裸)하게 펼쳐지고 있다. 그는 '내가 나를 속인 외로움들' 과 '나를 따돌린 그리움' 이 이 시대의 정점으로 발현되어 '나' 와의 동시적인 사유로 나타나고 있다. 그는 '또한 무리하지 않기로 한다' 라는 단정적인 인식과 함께 '이을 수 없듯이/ 지울 수도 없다' 는 그의 결론은 아주 비장한 자성(自性)의 결단이라고 할 수 있다.

젊음이 와도
딴 세상이 주어져도

나는 역시 나를 다지고 고심하겠네,
내가 아니면 아니 되는 길 깊숙이

– 〈젊음이 와도〉 중에서

여기에서도 역시 '나' 에 대한 '나' 와의 정서적인 담론은 종결되지 않는다. 그는 '젊음이 와도' 라는 단서를 붙여서 작품을 전개하고 있으나 '나는 역시 나를 다지고 고심하겠' 다는 고뇌가 바로 그가 지향하는 성찰의 지표이며 자애를 실현하려는 간구(懇求)이며 기원의 의지라고 할 수 있다.

이러하듯이 '나(自我)' 는 한 정신적인 개체(개인)의 여러 작용의 통일적인 바탕(인격)을 말한다. 이 정신적인 개인은 자기 의식 안에서 확인되지만 오직 '의식의 나' 인 것만은 아니라고 철학자 데카르트는 말한다. 유한하고 역사적인 '나' 는 한결같이 머물러 있는 것(항존, 恒存)으로서 '실체적인 주체' 로서 우연적인 성격을 띠고 있는 작용들이 시간적으로 뒤바뀌는 것의 밑바탕에 깔려 있고 이런 작용 속에서 너나 객체 그리고 유아론(唯我論)의 반대 개념으로 나타나는 특성이 있다.

이현정 시인의 '나' 에 대한 집념은 넘친다. '나를 에워싸고/ 나를 채워주는 지금과도/ 헤어지고 또 j헤어졌었지,// 어언/ 서러운 한해살이 나이다// 달력을 치우고/ 지금이 지존인 삶을 생각하면/ 세상은 나를 전부이게 한다.' (〈지금은〉 중에서)라거나 '누가 알뜰히 기다려서가 아니라/ 나를 위한 공간이 비어 있어/ 빈집 생각이 애틋하다.// 내가 깃든 인정과 사정이 다르지 않아/ 내가 없음 아니 되는 울적함이/ 내가 차지할 흐뭇함이라' (〈집 생각〉 전문)는 등의 어조와 같이 그의 사유의 진폭은 강렬한 신념과도 같이 전개되고 있다.

그는 이러한 자애와 성찰의 이미지는 다시 '달도 나도 이 밤도/ 이별을 향해 간다// 있다가 말지라도/ 초연한 이별을 익히며' (〈이별을 향해〉 중에서), 그리고 '서행도 과속도 말고/ 한껏 몸을 낮추어// 나를 못 견뎌 하던 걱정은/ 내 안에 또 다른 적응력이다' (〈변화의 바람〉 중에서)라고 적시하는 결론과 같이 그에게 내재된 시적 진실이 토로(吐露)되고 있어서 공감을 유로(流路)하고 있다.

3. 계절 감각과 자연 서정의 조화

이현정 시인에게서 집착하는 시적 외형은 사계절의 감각이 분명하게 나타나고 있다. 이 계절적인 감각에서 추출한 이미지는 그의 서정성과 일치하는 시법으로 형용하고 있는데 이는 그가 감응(感應)하는 계절적인 실재와 시적 형상화의 화해(和解)를 위해서 정서의 순환과 육신의 상관물로서의 시법으로 재해석하고 있다.

대체로 사계(四季)에 대한 우리들의 인식은 시간성과 동행하는 변화의 양상에서 창출하고 또 투영하는 이미지의 조화를 염원하는데 많은 탐색과 노력을 투자하는 경향을 많이 접할 수 있게 된다.

여기에 적시한 봄, 여름, 가을, 겨울의 형상화는 어떻게 현현되고 있는가를 살펴보기로 하자.

나뭇가지가 나를 더듬어
친절한 손길을 번갈아 잡았다

오르고 또 오르는 발걸음 사이
시간이 갈수록 바닥은 멀어지고
눈앞엔 들쭉날쭉 보이느니 채찍이었다.

잘못 든 생각의 고삐를 잡았지만
손이 떨려
손에 잡힌 것들이 울먹였다.

간신히 돌아와 뒤돌아 보건대
집에서의 백일몽은 산의 악몽이었다.
사치가 수치임도 이제 알았다

– 〈봄 안개〉 중에서

우선 '봄' 에서는 '나뭇가지가 나를 더듬어/ 친절한 손길을 번갈아 잡았다' 거나 '시간이 갈수록 바닥은 멀어지고/ 눈앞엔 들쭉날쭉 보이느니 채찍이었다' 는 어조는 이현정 시인이 '봄' 이라는 이미지에서 무엇을 발상했는가에서 그의 시적 변용과 진실의 향방을 이해할 수 있게 한다.

이러한 그의 착상(着想)은 바로 '간신히 돌아와 뒤돌아 보건대/ 집에서의 백일몽은 산의 악몽이었다/ 사치가 수치임도 이제 알았다' 는 결론에 도달하면서 성찰의 귀결점이 무엇인가를 확연하게 예감하는 시정신을 이해할 수 있다.

잿빛 하늘에
불씨 보인다.

순간을 못 박은 불빛이
땅에 떨어져
먼 산을 울린다.

하늘이 내려선 바람몰이에
빗발이 휘어 바닥이 기울고
탁한 세상이 흘러내린다.

흠뻑 젖어
시름이 뚝 끊기고
개운한 하늘에 잠자리 난다.

－〈여름 소나기〉 전문

그렇다면 '여름' 에서는 어떻게 나타날까. 그는 '잿빛 하늘에' 서부터 '개운한 하늘에' 이르기까지의 '탁한 세상' 의 형상이 그의 내면에서 침잠(沈潛)했던 절규 같은 것이 '소나기' 라는 등식(等式)으로 현현되고 있다.

어디론가 떠날 것이라던
가을이 무르익고 있습니다.

일상에 찌든 때를

훨훨 털어내겠다던 가을입니다.

찧고 볶고 씻다가
허리를 펴니

어머, 어머!
감나무에 까치밥마저 사라졌어요.

허수아비 두 팔 벌려
관광객을 웃긴다던 고장에

행사가 끝나도록
언제 엉뚱한 생각을 했던가,
묻지 않는 무정한 가을입니다.

– 〈무정한 가을〉 전문

가을에서도 그가 상상력으로 재생시킨 풍요보다는 '무정한 가을' 로 변해 있다. 결실의 계절 가을이 이렇게 변모한 데는 그만큼 '일상에 찌든 때를/ 훨훨 털어내겠다던' 심중(心中)의 인식이 '감나무의 까치밥마저 사라졌' 다는 허탈감이 엄습하고 있다.

겨울이면
깊은 산 품에 안겨
그 몸에 사무친 사철을 알고 싶다.

눈보라 헝클어지는 계곡에
어둠을 뚫고
바람 길을 닦는 밤을 지새우고 싶다.

적막하다 못해
새벽 산자락이 펄럭일 즈음
거기, 가슴 설렌 나그네로 남고 싶다.

– 〈겨울이면〉 전문

그의 겨울은 기원의 의지로 현현되고 있다. 그의 표현대로 '사철을 알고 싶다' 거나 '밤을 지새우고 싶다' 또는 '나그네로 남고 싶다' 는 어조에서 이해할 수 있듯이 '깊은 산 품에 안' 기거나 '눈보라 헝클어지는 계곡에' 서 무엇인가 자신이 인지한 기운이 진실로 승화하고 있다.

이렇게 사계절의 이미지는 시간과 공간의 개념에 따라서 변화무쌍한 독특한 사유의 별판을 제공하고 있다. 여기에 우리 인간들이 화해하고 융합하는 자연 섭리가 바로 작품에서 탐색하는 진실이라고 할 수 있을 것이다.

4. 서정적인 사유의 지향점

이 밖에도 이현정 시인은 자연 사물과 접맥(接脈)하면서 인식하는 이상적인 형태의 삶이 곧 서정성이라는 안온과 지적인 사유가 합일하는 아름다움을 발현하는 시법을 이해할 수 있게 한다. 그가 작품에서 순진무구(純眞無垢)의 언술과 동시에 투사(投射)하는 정서의 지향점은 바로 우리 인간들에게 내재된 가치관이 어느 귀결점으로 향하고 있는가 하는 아주 지엽적인 사유이기는 하지만, 거기에는 진실로 간구하거나 여망하는 인간 본연의 인본주의(humanism)가 포괄하고 있다는 점에 유의하게 된다.

그의 작품 〈사람의 사철〉에서 '인연 만들기인지/ 인연 만나기인지/ 사람의 사철을 몸으로 살았었네// 마음 조심하라더니 / 몸 먼저 시들어/ 하염없는 이별이 뒤를 따르네' 라는 어조에서 명징하게 알 수 있듯이 그가 시적이든 인생적이든 간에 기필코 성취해야 하는 시적 본령(本領)은 바로 진선미(眞善美)라는 범주(範疇)를 벗어나지 않는다는 특성이 있다.

사월이 다 가기 전에
우리의 산을 바라보자.

멀리서 보기에 야들야들한 산은
무늬가 은은한 비단옷 차림이다.

갓 태어난 나무들의 잎은
자기만의 모습에 열중해 있을 테지.

그들로 하여 나무는 보람되고
그들이 어우러져 사월의 산은 복되다.

사월이 마저 가버리기 전에
풋사랑의 가슴이듯 산을 바라보자.

– 〈사월이 가기 전에〉 전문

이 작품에서 간과할 수 없는 것은 그가 취하는 심리적인 안정이다. 유유자적(悠悠自適)할 만큼의 대사물관이 그의 시야에서는 관조(觀照)의 정념(情念)으로 안온하게 펼쳐지고 있다. '갓 태어난 나' 뭇잎에 감응하는 그의 서정은 '풋사랑의 가슴'으로 연민(憐憫)이 넘치고 있다.

그는 '숲에 들지 않아도/ 5월을 성실하게 살아가는/ 사람 편이다' (〈초록빛 발돋움〉 중에서), '기억 속에 갇혀 있는 그리움이여/ 이울 줄 모르는 아름다움이여// 그리움 더불어 살아온 사철이/ 사뭇 골똘한 사랑이었습니다' (〈그리움 더불어〉 중에서), '꿈이/ 꽃에게 물었다/ 아름다워지는 비결을// 참된 마음으로/ 착실하게 살면서/ 멋지게 움직여라' (〈꽃에게〉중에서) 그리고 '함께 역광에 잡혔어도/ 결코 마주할 수 없는 나무가 되어/ 마무리하는 하루의 속살이 붉어진다' (〈하루의 마무리〉 중에서)는 그의 시심(詩心)은 서정적인 이미지를 지우지 못하고 있다.

이현정 시인은 이미 '시인의 말'에서 '이따금은 알기 쉽고 어렵고의 문제를 떠나 삶의 의미나 가치가 있고 없고를 짚어봐야 할 우리네 여정(旅程)입니다'라고 밝혔듯이 시는 바로 자아의 인식이며 성찰이라는 강렬한 메시지를 전달하는 매개채로서의 역할이 더욱 빛나고 있는 것이다.

이러한 사유의 내면에는 그가 항용(恒用)하는 인생의 메시지가 돋보이게 하는데 다음과 같은 그의 철학을 감지할 수 있게 한다.

둘이 갔던 길을 혼자서 왔네

가야 할 사람 떠나갔는데
돌아선 마음이 아득히 멀어
꼬부랑 고갯길에 해 떨어졌네

어둔 방 그대로 참을 수 없어
불 밝힌 방안에 넘치는 빈 자리

– 〈빈 자리〉 전문

이 작품 〈빈 자리〉에서 그가 심취(心醉)하는 공허의 '빈 자리'는 인생관의 새로운 발견과 정립이라는 메시지를 이해할 수 있다. '둘이 갔던 길을 혼자서' 오는 상황과 '가야 할 사람' 과 '떠나' 간 사람의 대칭이 시적 구조뿐만 아니라, 이 '빈 자리'에 상응(相應)하는 어떤 교시적(敎示的)인 시정신으로 승화하고 있다.

이현정 시인의 이러한 시법은 '눈물 머금은 무지갯빛 한은/ 장인을 낳고 // 그 정신은 다져져/ 기품에 가까운 기쁨으로 태어난다' (〈한(恨)의 힘〉 중에서) 그리고 '등짐 진 달팽이의 배밀이 길은/ 보이는 둥 마는 둥// 진이 빠진 흔적은/ 텅 빈 채 환한 화면이다' (〈운명〉중에서)라는 그의 확고한 신념의 메시지를 풀어놓고 있다.

이러한 그의 순정적인 이미지와 메시지는 자애와 성찰의 절정인 그의 시정신으로서 그 위의(威儀)에도 크게 부상(浮上)하는 작품 세계를 더욱 위대하게 작용할 것으로 확신하게 한다.

이현정 제8시집
시간의 길
•
지은이 / 이현정
발행인 / 김재엽
발행처 / 한누리미디어
디자인 / 지선숙
•
121-840, 서울시 마포구 잔다리로 35 서원빌딩 2층
전화 / (02)379-4514, 379-4519
Fax / (02)379-4516
E-mail/hannury2003@hanmail.net
•
신고번호 / 제300-2006-61호
등록일 / 1993. 11. 4
•
초판발행일 / 2014년 2월 25일
•

•
값 12,000원
•
※잘못된 책은 바꿔드립니다.
•
ISBN 978-89-7969-471-0 03810